es Tourmentes

par

FERNAND CLERGET

MDCCCXCI

LES TOURMENTES

DU MÊME AUTEUR :

Henry Pivert, *roman,* (Genonceaux).

Fernand Clerget

FERNAND CLERGET

Les Tourmentes

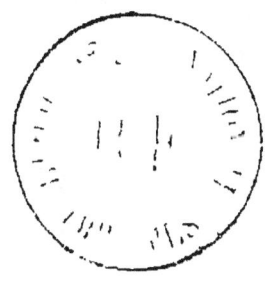

PARIS

BIBLIOTHÈQUE

Artistique et Littéraire

—

MDCCCXCI

INSTINCTS

I

CHANSON D'AVRIL

LES hivernales sont passées,
Emportant leurs amours frileuses ;
L'hermine des plaines glacées
Coule en ruisselles cajoleuses,
Coule en ruisselles si câlines
Où chuchotent des mandolines
Que les âmes sont agacées....
Les hivernales sont passées.

Oui, les âmes sont agacées...

Elles s'exhalent en frissons,
En frissons d'amour qui s'éveille ;
Là-bas, sous les premiers gazons,
La fleur d'avril encor sommeille :

Veux tu venir la voir pousser,
La fleur d'avril ? et dans les branches
La sève s'enfler et mousser
En des rondeurs molles de hanches ?

Les eaux clapotent, cascadelles
Que frôlent maintes hirondelles
Avec de longs battements d'ailes,
Et les murmures des feuillées
Sont des tendresses qui s'enflamment
Sous les ramures, où s'affament
Des corps paresseux qui se pâment
Dans les neuves ensoleillées.

Dans les neuves ensoleillées
Les désirs d'amour nous affament.

Veux-tu venir ? Dans les sentiers
Où bruissent des cantilènes,
Nous mêlerons nos deux haleines ;
Nous laisserons aux églantiers
S'accrocher tes jupes légères,
Et dans l'alcove des fougères,
A pleines lèvres nos baisers
Feront fête aux avrils rosés !

Veux-tu venir ?...

Les hivernales sont passées,
Emportant leurs amours frileuses ;
Les printanières cajoleuses,
Leurs lèvres aux lèvres pressées,
Unissent nos chairs embrasées ;
Viens boire à longs traits les ivresses
De l'avril aux folles tendresses
Où s'effarent les embrassées :
Les hivernales sont passées !

II

IMPATIENCE

Les lentes et lourdes nuées
Forment un spectre, qui ricane
Et fond dans une vaste arcane
Les pourpres en effroi muées.

Malgré la lueur descendue
De Dieu caché dans la ténèbre,
La nature est l'accord funèbre
De mon espérance perdue.

Formidable et proche linceul
Où ma prime illusion sombre,
Se répand le violet sombre
De la nuit morne où je suis seul.

Et l'heure sonne, sonne en moi,
L'heure de nous aimer ici
Dont la folle n'a pas souci,
Dont les astres n'ont pas d'émoi ;

Et seul et l'absolvant en vain, —
Sous la réserve d'un oubli, —
J'ai menacé d'un front pâli
Le lourd regard de l'Œil divin.

III

SATISFACTION

Les tabernacles de vieil or
S'imprègnent d'encens et de myrrhe ;
L'abside s'éclaire, et j'admire
Le doux et lumineux essor,
Le bel essor d'une colombe.
Le sanctuaire est une tombe
Où dort mon désespoir d'hier ;
Un martyr qui m'appelle, fier
Dans la vieille ogive assombrie,
Baigne d'azur miraculeux,
D'azur et de pardon mes yeux :
        Je prie.

Voici qu'en des auréoles
Me lutinent des amours
Qui bavardent des paroles,
Et les robes aux plis lourds
Des vierges ensommeillées
De pleurs d'azur sont mouillées ;
Les vierges sont éveillées
Par la cloche aux appels sourds.

La voûte s'ouvre ! il pleut des roses,
Des roses humides de miel
En des calices blancs et roses :
      Est-ce le ciel ?

Larmes d'aurores tant jolies,
Fleurs et rires, chères folies...
Voici le triomphal essor
Du soleil dorant les nuages d'or !

IV

ELÉGIE

J'AI passé sans te voir hier sous ta fenêtre,
    Et tes volets bien clos me sont restés fermés
    Quand j'ai chanté, croyant que m'allait apparaître
Ton front blanc parmi l'or des astres bien aimés.

Car le ciel était pur, et ses clartés étranges
Eveillaient d'un oubli les coins mystérieux
Où naissent les frissons : on eût dit des voix d'anges
Balbutiant, troublés par ces millions d'yeux.

Mais tu n'assistais pas au concert magnifique :
Je n'ai pas entendu ta voix dire à la voix
De Ceux-là qui berçaient leur rêve séraphique
Dans cette belle nuit : « J'entends, et je vous vois. »

Alors, j'ai pris mon luth qui vibrait à la brise,
Et, pour te réveiller et te faire admirer
Le ciel plein de clartés, l'ombre, la terre grise,
L'eau limpide où le cygne est venu se mirer,

J'ai chanté bien longtemps les chansons éternelles
Qui nous viennent au cœur parmi ces nuits d'été,
A l'heure où sur nos fronts, que d'ardentes prunelles
Couvrent d'éclairs, se creuse un désir de Beauté ;

J'ai chanté les amours et les fleurs qu'on effeuille...
Et le jour est venu, qui m'a surpris rêvant
Toujours sous ta fenêtre, alors que sous la feuille
Erraient pour me railler les caresses du vent.

Avant de m'éloigner par les routes poudreuses,
J'ai cherché quel accord te parlerait de moi,
Et mon luth a créé des strophes douloureuses
Qu'un baiser de la brise élevait jusqu'à toi...

Mais quand je me suis tu, les yeux sur ta fenêtre,
Attendant malgré tout un signe de ta main,
Ta main pour m'appeler n'a pas daigné paraître, —
Et j'ai brisé mon luth aux pierres du chemin !

V

COMPLAINTE

ÉJA la plaine se recueille
Et met son manteau de froidure ;
Nulle main frôleuse ne cueille
La fleur pâle qui d'aventure
S'entr'ouvre le long des fossés ;
Déjà ne viennent plus oiselles
Boire l'eau claire des ruisselles
Où les joncs tristes sont poussés.

Mais les arbres et les buissons
Ne sont pas dévêtus encor ;
Ils ont, pour finir leurs chansons,
Les accompagnements du cor

Dont la sonore voix de cuivre
Sonne un renouveau de gaîté :
Ne viens-tu pas avec moi suivre
Sa fanfare de fin d'été ?

Mais un refus plisse ta lèvre...
Où sont l'avril et ses délires,
Les sons des harpes et des lyres
Qui mettaient au cœur tant de fièvre ?
Où sont les fleurettes de mai
Qui se penchaient sur nos deux fronts ?...
Plus jamais ne les reverrons
Fleurir sous ton baiser charmé.

Dans le désert frileux des champs
Germent les prochaines souffrances ;
En de sombres désespérances
Sombrent nos rires et nos chants.
J'ai revu la fauvette amie
Qui volait gaîment sur nos pas :
Elle chantait encor, ma mie...
O pourquoi ne réponds-tu pas ?

VI

INDULGENCE PLÉNIÈRE

Vous étiez très femme, madame,
    Quand votre rire se moquait
    De notre vif épithalame
Chanté dans votre nid coquet :
Le Malin n'avait pas encore
Vendu notre âme aux voluptés,
A l'illusion qui décore
Le désir des sens irrités :

Mais vous enseigniez les sciences
Dont notre enthousiasme rit,
Et de nos plus belles croyances
Vous riiez avec tant d'esprit !...

O vous, Légions, éternelles
Dévoreuses de nos beautés,
Le mensonge de vos prunelles
Triompha de nos vérités !

Vous saviez comme toute femme
Où s'en vont nos pauvres romans :
Madame, vous fûtes infâme
D'avoir accueilli nos serments, —
Mais vous le fûtes comme toutes,
Et nous vous accordons l'oubli
Que l'Ame accorde aux Fleurs des routes
Dans sa hâte vers l'Infini.

VII

ATERMOIEMENTS

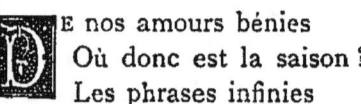E nos amours bénies
Où donc est la saison ?
Les phrases infinies
De nos amours bénies
Sont mortes sans raison.
Les fleurs toutes se meurent :
Des rires qui nous leurrent
Où donc est la saison ?

Que plus ne te souviennes
De mes rires d'avril,
Des phrases qui sont miennes
Que plus ne te souviennes :

Tu sauras le péril
D'un amour qui se noie,
Si tu reveux la joie
De mes rires d'avril.

Voici l'instant rebelle,
Il faut nous séparer.
Oh ! comme tu es belle !...
Voici l'instant rebelle
Que va mon cœur pleurer :
Sois lente à disparaître,
Tu l'entendras peut-être...
Il faut nous séparer.

VIII

ROUILLE

A Jean Gripon.

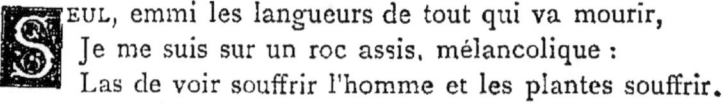EUL, emmi les langueurs de tout qui va mourir,
Je me suis sur un roc assis, mélancolique :
Las de voir souffrir l'homme et les plantes souffrir.

Passait l'écho dernier de cette bucolique
Où d'anciennes gaîtés naguère persistaient ;
Je me suis sur un roc assis, mélancolique.

Les notes froides d'un ruisselet m'attristaient ;
Loin était le sentier des rimes en allées,
Où d'anciennes gaîtés naguère persistaient.

Pauvres rimes d'ici, sans folles envolées !...
Se traînent, lourdes, comme au hasard du chemin :
Trop loin est le sentier des rimes en allées !

Les rafales du vent de mort glacent ma main,
Et les feuilles des bois qui vibraient dans mon rêve
Se traînent, lourdes, comme au hasard du chemin.

La naïve saison des ivresses fut brève !
Le vent de mort emporte au néant la saison,
Et les feuilles des bois qui vibraient dans mon rêve.

Les êtres effarés s'épeurent sans raison,
Et de tout ce qui fit les paroles joyeuses
Le vent de mort emporte au néant la saison.

J'ai vainement cherché les ombrages d'yeuses :
Automne a pris le ciel animé des forêts
Et de tout ce qui fit les paroles joyeuses.

Lors, étant seul au bois flétri, je soupirais,
Tandis qu'une rafale entassait des jonchées :
Automne a pris le ciel animé des forêts ;

Les fleurettes et les caresses tant cherchées
Se meurent dans le gris de l'automnal baiser,
Et l'aveugle rafale entasse des jonchées.

Où, les arbres trop lourds qui faisaient se baisser ?
Les ramures d'hier, au décor magnifique,
Se meurent dans le gris de l'automnal baiser.

J'écoute en vain l'écho dernier des bucoliques,
Seul, emmi les langueurs de tout qui va mourir,
Sous les branches veuves d'un décor magnifique :

Las de voir souffrir l'homme et les plantes souffrir,
Je me suis éloigné du roc, mélancolique,
Seul, emmi les langueurs de tout qui va mourir.

IX

PHTHISIE

Voici le ténébreux abîme
   Que mon désir voulut chercher,
   Mes ongles déchirent la cime
Du banal et fatal rocher ;
Les murs du granit le plus sombre
Sont noirs des ronces de la peur,
Noirs du vide où le geste sombre
Dans une glaçante stupeur.

   Sur l'épouvante sereine
   Je me penche de nouveau,
   Et je crois qu'en mon cerveau
   Le vouloir divin m'entraîne :

Comme hier je me crois fort,
Quelque sève dans mes veines
Rend mes primes affres vaines,
Et par un étrange effort
Mon regard creuse la pierre
Et voit l'abîme profond ; —
Mais les objets qu'il voit font
Que je ferme la paupière.

La terre tremble autant que moi...
Or, furieuse que je tarde,
La Femme gifle mon effroi :
    « Lâche, regarde ! »

Voici dans l'abîme noir
Briller des pointes de dagues,
Des poignards aux reflets vagues
D'horizons sanglants du soir,
Et, parmi la fange grasse,
Des glaives entrecroisés
Pour hacher mes os brisés...
    Grâce !

Elle ne m'a pas écouté,
Et, dans sa passion farouche,
Elle a mis sa main sur ma bouche,
Et voici que sa main me touche
Et qu'ardant encor je me couche
Sur cet abîme ensanglanté.

Quelle damnée
Vient me huer !
Est-elle née
Pour me tuer ?

Voici dans l'abîme
Les appels des dagues
Et les signes vagues
Des heures de crime ;
Voici la stupeur
Qui m'achèvera....
J'ai peur !
Qui la tuera ?

X

NEIGES D'AVRIL

A Gaston Noury.

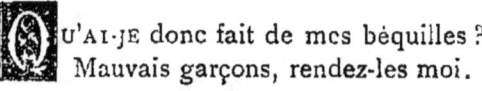 U'AI-JE donc fait de mes béquilles ?
Mauvais garçons, rendez-les moi.

Le temps met ses guenilles,
Le glas sonne au beffroi.

J'ai peur que ce caillou me blesse,
Le caillou noir du chemin nu.

Vous qui riez de ma faiblesse,
Vous ne m'avez donc pas connu ?

Pouvez-vous dire, jeunes filles,
Pour qui le glas sonne au beffroi ?

« Sonne au beffroi
« Le glas des amours si gentilles. »

Le temps met ses guenilles
Et nous glace d'effroi.

Voulez-vous que je vous le dise,
Pourquoi l'avril devient si vieux ?

Avant, que l'un de vous attise
Ce soleil mélancholieux...

Elle et moi, nous cherchons la tombe
Où l'on mit nos rires d'été,

Et voilà pourquoi le froid tombe
Sur mon front de vingt ans ridé.

Par pitié, dites, jeunes filles,
Pour qui le glas sonne au beffroi ?

« Sonne au beffroi
» Le glas des amours si gentilles. »

DISCORDANCES

I

TÉNÈBRE

A André Veidaux.

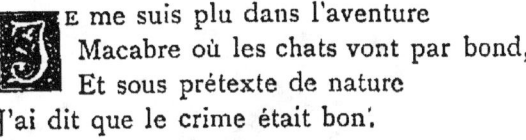 E me suis plu dans l'aventure
     Macabre où les chats vont par bond,
     Et sous prétexte de nature
J'ai dit que le crime était bon.

Mon rire a mis la défiance
En mes compagnons les meilleurs,
Parce que j'ai mis leur science
Au sombre creuset des frayeurs.

Mon rire était la raillerie,
Qui crispe douloureusement
Les nerfs en une agacerie.
Il n'était qu'un flagellement.

O le silence de ma joie
Quand la chair saignait sous le coup,
Et voir un homme qui se noie
Et dont la voix rauque en son cou !...

Personne n'a ri, non, personne,
Et moi bien moins encore qu'eux :
J'aimais trop le tocsin que sonne
L'enfer en ses marais visqueux.

II

DOUTE

A Emile Willème.

MON Dieu! n'es-tu donc possible?
. . . .
. . . .
Le cœur de l'homme est la cible
Que l'erreur crible à coup sûr :
Que notre illusion meure,
La fange seule demeure
Et tout meurt qui fut azur !

Or, j'ai mesuré la terre
Après l'effort solitaire
De mon méprisable orgueil ;
J'ai voulu mieux que les hommes,
N'être pas ce que nous sommes,
Et voici le même écueil.

J'ai souhaité l'impossible :
L'Univers est impassible
Et ne m'entend même pas ;
Ma menace gigantesque
Est une harde grotesque
Déchirée au premier pas.

Le monde aussi vite roule,
Et nul rocher ne s'écroule
Sous mon brutal coup de poing ;
Mon étreinte de pygmée
Sur le vide est refermée :
Le monde ne s'émeut point.

III

LUTÈCE

I

A Caristie Martel.

Au temps où les Gaëls divisés en familles,
Des vallons séquanais aux montagnes arvernes,
Commençaient à grouper leurs toits sous les charmilles,
Leurs toits qui n'étaient plus la voûte des cavernes ;

Où de jeunes cités barbares s'élevaient,
A l'ombre des dolmens, des cromlecks, des menhirs :
Autels de peuples morts, où les vivants avaient
L'histoire du futur écrite en souvenirs,

Une tribu s'en vint construire ses murailles
Dans un fleuve tranquille, aux rives envahies
Par le chaos des frondaisons et des broussailles,
Vibrantes de triomphe ou de forces trahies ;

Sur les collines d'alentour, des bois épais
Moutonnaient : verts coteaux et ténébreux halliers, —
Les halliers fleurissant pour célébrer la paix,
Et les coteaux brûlant au signe des guerriers...

Et le druide suivant les rides murmurantes
Voyait peut-être alors ces rives recouvertes
Du flot toujours montant de peuplades errantes,
Se taillant des palais dans les forêts ouvertes.

II

Dans Lutèce où des cris belliqueux éclataient,
Le druide aux vieux Gaéls parlait de souvenirs ;
Aux jeunes, des beautés que les bardes chantaient :
Et le sang des Gaëls arrosait les menhirs.

Pas un ne manquerait aux actions prochaines !
Ils n'étaient pas de ceux que des terreurs dominent,
Et leur race vivait sous la race des chênes
Qui se brisent parfois, mais jamais ne s'inclinent.

Rien encore n'avait étonné leur fierté ;
Et c'est avec des mots superbes qu'ils bravaient
Les ennemis, gardant leur vieille liberté
Sous les lourds boucliers que leurs bras soulevaient.

...Lutèce, qu'as-tu fait de tes enfants ? Nul n'ose
Rechercher dans les chants de tes hardis prophètes
Qu'en ton temps les Gaëls ne craignaient qu'une chose :
Que la voûte du ciel s'écroulât sur leurs têtes !

1884.

IV

RAFALES

A Henri Place.

E vent qui hulule et tue
Clame les cris forcenés
D'Exterminateur qui hue
  Les époumonnés ;
Grince : les portes usées
Se lamentent avec Lui,
Et voici dans notre nuit
Des gigeoîments de fusées.

  Vers des buts puérils
Courent les hommes-pygmées ;
Ils ont des frayeurs clamées
Quand se dressent des périls,

Et courent plus vite :
Leur cohue
Evite
Le Vent qui hulule et tue.

Oh ! craquent les gélivures
Et tremblent les peupliers !
Hors des bois les sangliers
Montrent leurs hargneuses hures.

Passent les phthisiques longs
Que les rafales cravachent :
Dieux ! l'aiguille des frelons !..
Passent les phthisiques longs
Et crachent.

Dormez.

Le Vent tue, et par les routes,
Par les chemins ravinés, —
Poings aux dents, faute de croutes ! —
S'en va l'errant.
« Va-t'en, bandit ! Hue ! Hue !
» L'hiver est grand ;
» Crève, la nue !
» Hue ! »

Dans la fange des chemins,
Chassé par la voix stridente,
S'en va, la prunelle ardente,
Vers de vagues lendemains :
« Hue ! »

Oh ! le Vent hulule et tue !

1886.

DÉPRESSION

BALLADE DES PAUVRES RIMEURS

A Paul Alléon.

UYANT chemins et buts tracés
   Où courent sans savoir les hommes ;
   Cherchant pour leurs corps harassés,
Sans rêver des lits où nous sommes,
La belle étoile et les beaux sommes
Qui ne sont mais en nos clameurs ;
Riches d'esprit, légers de sommes,
Où s'en vont les pauvres Rimeurs ?

Marchand de butins entassés,
Toi qui sous ton or nous assommes :
Légiste issu des us passés ;
Prince suprême, toi qui sommes
Tes sujets de traîner leurs sommes,
Et toi, Valet, qui dessous meurs :

Toujours, toujours mêmes fantômes !...
Où s'en vont les pauvres Rimeurs ?

Emmi les champs, les bois glacés,
En ces mystères des atomes
Qui tiennent les corps enlacés,
S'en vont, chantant quelques vieux tomes
De rimes d'or qui sont les baumes
De nos éternelles rumeurs,
Et soufflant parfois dans leurs paumes :
Où s'en vont les pauvres Rimeurs ?

ENVOI

Prince, Marchand, qui sous vos dômes
Raillez l'angoisse des semeurs,
N'irez jamais au ciel des Nomes
Où s'en vont les pauvres Rimeurs.

II

RÊVERIE

A Adolphe Willette.

LOINTAINE, blanche, un soir, d'hiver...

Blanche gamine au pauvre rire
Anémié qui rampe vers
De bonnes faces en délire...

Lointaine plainte de muets
Dont les yeux supplient la lumière,
Et qui dispersent en souhaits
Une lamentable prière...

Un soir d'hiver, morne comme un
Cimetière où ne passe aucun,
Un cimetière sans démences
Et même sans indifférences...

Lointaine et blanche est la cloche sonnant là-bas !
Sa voix est faite de notes frêles et claires,
Sa voix de gamine qui se parle tout bas
De choses où jamais ne crieront des colères...
Le moindre appel de haine ou d'amour la fait taire,
La gamine, la cloche aux gestes puérils :
Et l'Angelus, ce soir, est las de nos périls.

O voici que lointaine et frêle et plus légère
La cloche balbutie une ardeur mensongère :
Elle se trouble et meurt, en l'invisible essor
D'une âme qui ne sait rien de la vie encor,
Et qui sans amour et sans haine
S'en va seule, blanche, lointaine...

III

SPLEEN

A Henri Cholin.

JE voudrais oublier les dogmes tabulaires,
Les paradigmes et les œuvres tutélaires :
Ce bon sentier tracé par l'homme dès toujours !
Les marbres, les granits immuables et lourds,
O ne les savoir plus qui tentent nos prunelles
Et meublent nos espoirs de beautés éternelles !
Les ciselures, les murmures, les accords,
Et les rouges floraisons des cuivres, des cors,
Toute la fête et la joie et l'ombre où chatoie
Le mystérieux signe d'amour, ô la joie !
Eternelle et formidable banalité !...

Même les sentes du bois si peu visité,
Même les roses mystiques de la ténèbre,
Sont des aveugles où l'aveugle va, funèbre.

O du Nouveau divin, du Rêve impollué !
Un atome seulement, une vérité
Nouvelle d'un autre Monde, d'une autre Vie !...

Vais-je redire après tant d'autres qu'on s'ennuie !

IV

TRANQUILLITÉ

A Gustave Amiot.

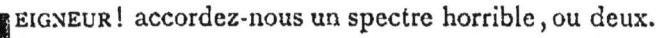EIGNEUR! accordez-nous un spectre horrible, ou deux.

 Nos vieux orgues de Barbarie
 Se lamentent que soit tarie
 La source des songes hideux.

Les minuits qui sonnaient aux vieilles cathédrales
En un râle de bronze évoqueur d'autres râles,
La croix et le poignard se heurtant sous le froc :
Égalité, fraternité, râle du coq !
« Et la garde qui veille » aux grilles de nos dômes
Réprime un rire large et pige les fantômes.

Et les minuits sonnent toujours
Et se cahotent par les rues :
Ils radotent comme des sourds
Des vieilles choses disparues.

Inébranlablement couchés, l'usage est tel,
Nous songeons à l'étoile électrique d'Eiffel,
Et les pianos voisins exaltent notre rêve : —
Un spectre épouvanté qui n'a plus d'ombre et crève,
Et notre scepticisme éclaboussant les Cieux.

Seigneur ! Seigneur ! un spectre ou deux !..

V

LAS !

A Léon Deschamps.

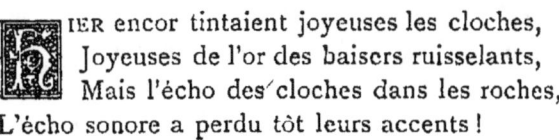IER encor tintaient joyeuses les cloches,
Joyeuses de l'or des baisers ruisselants,
Mais l'écho des cloches dans les roches,
L'écho sonore a perdu tòt leurs accents !

Les cloches d'or tintaient joyeuses,
S'époumonnant en des alleluias, —
Et devant Elles tu t'agenouillas,
O mon âme éperdue en leurs voix glorieuses !...

Ne tintent plus les cloches, ne tintent plus !
La rouille dès l'avril les souille,
Et sous leurs calmes tôt venus
Mon âme repentante et meurtrie s'agenouille.

4

O j'ai courbé le front !
Ma chair saigne, le sang coule
De blessures qui peut-être ne guériront !
Les clameurs folles de la foule
Ont lézardé le vieux beffroi
Où les cloches se sont tues ;
Des mains pâles et nues dans les nues
Ont en mon âme jeté l'effroi
Du sépulcre solitaire et froid.

C'est le sépulcre solitaire
Où mon péché sera puni :
J'ai meurtri l'oiseau dans son nid,
Ses ailes m'appellent sous la terre...

Ne tintent plus
Les cloches que la rouille souille :
Sous leurs calmes si pesants et tôt venus
Mon âme repentante et meurtrie s'agenouille !...

VI

LES VOIX BLANCHES

Au Docteur Jullien.

ERREURS en creux des cauchemars,
Basses et mièvres, sépulcrales,
Blanches entre les lèvres pâles
De visages aux nez camards,

Elles nous guettent en nos fièvres
Et ne pleurent et ne rient pas,
Et disent des choses très bas
Sans même remuer les lèvres :

Lointaines et si près de nous,
Elles font choquer nos genoux
Sous les pesantes couvertures,

Et quand l'aube les chasse enfin
Nous nous traitons d'enfants, — afin
De recroire aux Œuvres futures.

VII

Un Deuil

Pour Mlle ...

ARDENTE et folle, une gamine exubérante,
L'attitude amoureuse et déjà l'œil mutin,
Le cœur d'une bonne Ange et l'esprit d'un lutin :
Fleurette d'avril, mièvre, et la voix délirante !

Le rire persistait sur sa lèvre. Enivrante !...
Les spasmes n'avaient pas encor mûri son teint...
Trop fantasque parfois... n'était-elle au matin
De l'existence, où toute peine est murmurante ?

Faite pour des baisers infinis, éperdus,
Des airs à désirer tous les fruits défendus,
Lorsque s'éveilleraient les lascives pensées...

Elle s'en est allée un jour donner son corps
Au cimetière, avant d'entendre nos accords :
Sur sa tombe, ont fleuri de chétives pensées.

... 1880

VIII

CIMETIÈRE

A Paul Roinard.

LA ronde passe et saute et danse dans la nuit,
Des fracas d'ossements ricanent dans l'espace,
Des crânes roulent, blancs : la ronde saute et passe,
Et quelque chien plaintif hurle au vent et s'enfuit.

En leur funèbre danse un feu follet les suit.
Squelettes devant qui tout courage s'efface,
Leur ronde roule et croule en se cognant la face,
Dans un éclat de rire où ne perce nul bruit.

Visages grimaçants d'ironiques fantômes,
Chevauchée affolée où spectres, djins et gnomes
Grincent des dents, parmi les affres du remords...

Ils valsent sur le sol du vaste lit des morts
Où se cherchent encor leurs macabres tendresses,
Qui leur révèlent le néant de nos ivresses.

IX

SÉPARATION

REBELLE au lamentable effort de s'aimer deux,
 Je refusai ma bouche à sa bouche livide,
 Et ma chair redoutant sa paresse perfide
Se crut en des azurs très loin des ruts hideux.

Je refusai ma bouche à sa bouche livide :
Mais parmi les satins brodés en des nids d'œufs
Se glissa le serpent qui m'isola loin d'eux,
Et ma chair redouta sa paresse perfide.

Sous la caresse longue, inéluctable, avide,
Pourrait-elle, ma chair, en tombant dans ce vide,
Se croire en des azurs très loin des ruts hideux ?

La fleur sans nom, la fleur des lèvres induvide
Et peut-être à jamais me laisse, ô mon cœur vide !
Rebelle au lamentable effort de s'aimer deux.

X

L'OUTRAGE

ET mon rire grinça dans l'ombre échevelée
   Parce que la nature avait un cri d'horreur :
   Tout mon vouloir se plut en cette neuve erreur
Qui bafouait la chair, et l'Ame violée.

Parce que la nature avait un cri d'horreur,
Et que l'humanité, par sa pudeur bêlée
Me condamnant, le rouge au front s'en est allée,
Tout mon vouloir se plut en cette neuve erreur.

Les Amours sanglottants fuirent avec terreur,
Parce que mon fou rire excitait ma fureur
Qui bafouait la chair, et l'Ame violée.

Madame, je surpris votre esprit attireur
Gai de mon idéal en proie au Dévoreur :
Et mon rire grinça dans l'ombre échevelée.

XI

REMORDS

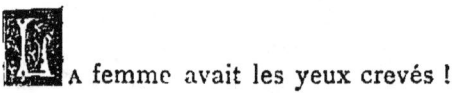A femme avait les yeux crevés !

Ces yeux, vos yeux, Madame,
Horribles et doux se sont levés
Vers mon âme !

Leur cantique inexorable et doux
M'a courbé sous un lourd mystère,
M'a courbé vers la terre
Pour vous balbutier mon remords à genoux.

« J'ai comme le Juif rebelle
Sans cesse couru le Monde,
Et parmi le pur et l'immonde
Je n'ai pas revu la très belle.

— Un homme jadis a clos mes yeux,
Et je n'ai plus jamais revu les Cieux !

— Madame !...

        — Je ne veux plus que tu voies
L'azur si follement cherché :
Tu marcheras dans les sombres voies
Où j'ai marché. »

XII

DÉFAILLANCE

Au Docteur Charrin

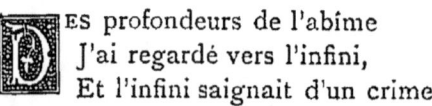ES profondeurs de l'abîme
    J'ai regardé vers l'infini,
    Et l'infini saignait d'un crime.

Le meurtrier sur le sol bruni
Courait d'un pied rapide
Vers l'abîme où je suis banni.

Sous mes yeux, dans un lac limpide,
J'ai vu le front pâle du meurtrier
Heurter la lune d'un choc intrépide :

Et le lac, sinistre ouvrier,
A ridé ce front d'une vieillesse
Où j'ai, tristement, vu briller

Une blanche lueur de sagesse :
Et j'ai su comme il fallait prier,
Dans cet abîme où sombrait toute ma jeunesse.

AMOUR

NATURE

I

LA REVENANTE

A Léon Deschamps.

I

C'ÉTAIT une plaine, une plaine aride
    Où les Dames de jadis promenaient,
    Lentes, lasses, sous le soleil torride,
Leurs corps blancs, veufs des bras qui les cernaient.

En procession grave, l'une et l'autre,
Avec le même pas tranquille et doux
D'un Démon qui s'essayerait en Apôtre,
Les unes et les autres, sans bijoux,

Sans désirs, pâles et froides et nues,
S'en allaient vers quel gouffre sans amour ?
Et parmi leurs figures inconnues,
J'ai vu passer, muette en son retour,

La Dame de Toujours, la Souveraine
A la marche rhythmique et haute, l'or
De ses cheveux sur son torse de reine
Ne frémissant plus en ailes d'essor !

Mais la vision s'est vite effacée
Sous les brumes de mes regards, surpris
De ne voir, où la Dame était passée,
Qu'un socle très noir dans un brouillard gris. .

II

Les Dames, telles des statues,
S'en reviennent par le chemin,
Le chemin d'hier, de demain, —
S'en reviennent, de blanc vêtues,

Et chuchottent, le front baissé ;
Communiantes, mariées,
Sous le tulle frêle ont passé,
Loin de mes larmes réveillées...

Au cri d'appel de mon remords,
L'une a daigné tourner la tête :
Toutes, toutes, pour cette fête,
Elles ont des têtes de mort !...

III

La Souveraine était absente. Mais les Dames,
En fuyant à jamais mon cœur saisi de peur,
Les Dames ont laissé pour l'absente, leur sœur,
Un socle noir, le socle noir fait de leurs âmes.

Et le socle a grandi sans cesse, et j'ai VOULU
Longtemps, longtemps, l'auguste et splendide statue
Digne de le fouler aux pieds : celle qui tue
Pour tuer l'esprit, et sauver le Cœur élu.

Et d'un entassement de rochers gigantesques,
Lente et sereine, impassible Trésor offert,
Sous le ciseau de quel Ciel ou de quel Enfer ?
Tel, un visage détaché de hautes fresques, —

L'Eve éternellement renaissant des rochers,
La Très Belle qu'adore ma prière ardente,
Et qu'affirme ma foi sous la clameur stridente
Des troupeaux si grands démolisseurs de clochers, —

L'Immarcessible aux mamelles jamais taries,
Seule orgueilleusement devant Moi sans orgueil,
Pour marcher vers son socle a brisé son cercueil
De rochers : dont un ordre a fait ses draperies.

II

Renaissance

CALME et joyeux, le Ciel forme un chant triomphal,
  Et des chasubles d'or s'épandent sur la plaine...
  Ma Dame à la lèvre gourmande, au front royal,
Je vous croyais morte à jamais, morte de peine.

Et des chasubles d'or s'épandent sur la plaine,
Faisant aux cœurs élus des tapis de rayons...
Je vous croyais morte à jamais, morte de peine :
Etes-vous Celle qu'éperdûment nous aimions ?

Faisant aux cœurs élus des tapis de rayons,
L'azur chatoie et s'irradie en haute flamme...
Etes-vous Celle qu'éperdûment nous aimions ?
Vous n'avez pas son nom ciselé dans notre âme.

5

L'azur chatoie et s'irradie en haute flamme,
Le rêve ardant s'abreuve aux fleurs des arbres lourds...
Vous n'avez pas son nom ciselé dans notre âme,
Mais c'est Elle quand même, et c'est Elle toujours !

Le rêve ardant s'abreuve aux fleurs des arbres lourds,
La nature tressaille en son lit d'asservie...
Mais c'est Elle quand même, et c'est Elle toujours,
Pour éternellement l'orchestre de ma vie.

La nature tressaille en son lit d'asservie,
La nature conquise à l'ordre d'enfanter...
Pour éternellement l'orchestre de ma vie,
Vous entendrez mon cœur rire ou se lamenter.

La nature conquise à l'ordre d'enfanter
S'offre entière à l'azur profond qui la décore...
Vous entendrez mon cœur rire ou se lamenter :
Je suis vôtre et je veux que ma chair saigne encore.

S'offre entière à l'azur profond qui la décore
La terre qui s'entr'ouvre et mugit de chaleur...
Je suis vôtre et je veux que ma chair saigne encore,
Vous êtes le plaisir de toute ma douleur.

La terre qui s'entr'ouvre et mugit de chaleur
S'adandonne en une virginale souffrance...
Vous êtes le plaisir de toute ma douleur,
Pour nous seuls, ô ma Dame rose d'espérance !

S'abandonne en une virginale souffrance
La Nature à la chair gourmande, au front royal ;
Pour nous seuls, ô ma Dame rose d'espérance !
Calme et joyeux, le Ciel forme un chant triomphal.

III

Cybèle

La faux banale au pré ne fauchera plus l'herbe,
   Le paysan ne viendra plus en ton alcove
   Secouer du râteau ta chevelure fauve :
Ta chevelure est mienne, et j'en ai fait ma gerbe,

Et la terre brûlée aux fièvres de ta bouche
Sera stérile comme un ventre de grand'mère ;
Jamais où tu m'aimas ne viendra la Chimère,
Et rien ne germera dans le creux de ta couche ;

Tu porteras en toi le feu que rien ne nomme,
Et qui de toi fera l'argile créatrice,
La nouvelle beauté bonne et dominatrice,
Et la soumise au soc puissant et fort de l'homme :

— Car ton sourire est fait de très pure lumière,
Et ton calme regard accepte le servage ;
Ta chair incomparable à la saveur sauvage
Du fruit des bois, nourri de la sève première ;

Et ta phrase est l'écho des strophes souveraines
Que rhythme l'Océan pour la Terre amoureuse ;
Tes soupirs sont aussi la plainte douloureuse
De la plaine entr'ouverte où tomberont les graines ;

Et ton étreinte est le triomphe de ta vie :
Pour mieux t'anéantir, et t'offrir magnifique,
Ton corps s'est magnifié du chœur béatifique
De la nature entière à ta sève asservie.

IV

Avril d'Automne

À ton rire merveilleux de superbe vie,
Les primes neiges de mes désillusions
Idolâtrent de nouveaux rires et rayons :
Neuf plaisir d'exister encore en toi, ravie
Et fière de tes puissantes séductions !

Au souffle desséchant des alcoves banales,
Mon front s'était couvert d'un hiver résigné,
Et dans mon cœur depuis longtemps avait régné
Le remords aussi de banales saturnales :
Et j'étais vieux de tout mon orgueil indigné.

L'œuvre de ton regard frivole est accomplie.
Sois fière de ta jeunesse et de ta beauté,
Qui préparent mon être à l'éternel été :
L'été de pur amour où sans mélancolie
J'évoquerai les splendeurs de la Vérité.

V

L'Eden

A Marius Réty.

Le fleuve de lait, le fleuve de sang, le fleuve
Du triomphe et du calme éternels, où s'abreuve
Le couple agenouillé sur la terre encor neuve,
Coule vers l'infini du dernier Océan.

Pas une feuille ne remue aux lourds feuillages,
Pas un être ne songe à de prochains pillages :
Le fleuve coule sans secousses, sans sillages,
Dans une paix sublime et semblable au néant.

Jamais le ciel ne s'assombrit d'une nuée,
L'homme ici ne connaît ni gloire ni huée :
Il aime, dans un incomparable décor ;

Il aime et prie et se recueille, au sein d'une aube
Où la nuit perpétuellement se dérobe :
Pour son cœur, les midis, les soirs, sont l'aube encor.

VI

L'inoubliable

ELLE est venue, un jour de tristesse ou d'ennui,
Un jour qu'elle était seule et qu'il fallait qu'on l'aime:
Très naturellement elle a passé la nuit
A se bercer au cri de mon premier blasphème.

Et depuis ce jour-là j'ai soldé les sanglots
De celles que j'aimais avec tant d'ironies,
Et mes sarcasmes d'autrefois et leurs grelots
Se sont broyés en d'effroyables agonies ;

Même le souvenir altier de mes dédains
N'a plus comme autrefois rendu mon cœur rebelle :
Pour changer en soupirs mes sourires hautains,
Elle est venue, ô la Très-Haute et la Très Belle !

Elle était douce et froide aussi :
L'âme chaste d'une oublieuse
Et la chair toujours prête, ainsi
Que la Nature insoucieuse...
O ma statue aux yeux si bleus
Qu'ils recélaient trop d'innocence !
Naïve et barbare puissance
Qui faisait de tes yeux mes dieux !

J'aimais le moindre de tes gestes,
Et je conserverai toujours
Les souvenirs pourtant funestes
De tes mains dans tes cheveux lourds :
Tes lourds cheveux, et la lumière
De tes mains qu'un soleil ami
Me semblait caresser parmi
Tes rires de l'heure première.

Lors, mon regard t'enveloppait
D'une admiration suprême :
Non sans reculs et sans respect,
Mon regard suivait le poëme
Vibrant et fier de tes deux seins,
Et l'accord parfait de tes hanches
Qui s'achevaient en courbes blanches,
Jusqu'aux ombres de leurs dessins.

Avec une grâce enfantine
Tu riais de mes pleurs flatteurs ;
Ta bouche se faisait mutine
Et tes grands yeux consolateurs, —

Mais tes splendides beautés nues
Se miraient dans mes yeux, les leurs !
Où couvaient de sombres douleurs
Que tu n'as jamais reconnues.

Las ! je sentais sombrer ma force en l'océan
Des passions que tes baisers m'ont fait connaître,
Et je te maudissais, de voir mon cœur géant
Suivre tes moindres pas, ainsi qu'un chien son maître ;

Et je te maudissais, et meurtrissais ta chair,
Ta chair de femme, en des étreintes furieuses,
Parce que ta froideur me la vendait si cher
Que je l'eusse livrée aux tombes envieuses.

Mais sans te soucier de tes regrets futurs,
Très simplement, ainsi qu'au jour de ta venue,
Tes pas se sont perdus dans les chemins obscurs
Où jadis tu marchais vers ta mort inconnue :

L'ordre de t'en aller que je t'ai dit ce soir,
Tu ne l'as pas compris, puisque tu es partie !
Tu ne sauras jamais que j'ai voulu m'asseoir
Sur le seuil de notre maison anéantie,

Et que là j'ai crié l'appel désespéré
D'un cœur à jamais clos aux chères aventures,
Et qui prélude à l'opprimant miséréré
De noires et peut-être éternelles tortures !

VII

RÉSIGNATION

ENDORS-TOI, ma Douleur. Ta tête endolorie
Se meurtrirait encore aux révoltes d'hier ;
Accepte le poison, ferme les yeux et prie,
Humblement, calmement, sur ta couche de fer.

Ferme les yeux pour ne plus voir la chère absente ;
Ne redis pas son nom, ne crois plus au retour
De Celle qui pressait dans ta chair frémissante
Le glaive quotidien qu'agréait ton amour.

Abandonne l'esquif où ton âme emportée
Par l'ouragan de haine heurtait plus d'un écueil ;
Entends le dernier cri de la mer tourmentée :
C'est le cri du naufrage où sombre ton orgueil.

Ma Douleur, endors-toi. Ne sois plus que la vague
Dont le remous fait oublier l'horrible chœur
Des flots et des rochers où Satan veille et vague :
Car les serpents sont morts qui sifflaient dans ton cœur.

Voici que dans ta nuit la cloche sonne l'heure
D'une paix où sera bercé ton abandon,
Et ta couche de fer te semblera meilleure,
En écoutant sonner la cloche du pardon.

VIII

PRIÈRE

RESTE encor des gens dans la rue,
Reste encor des fleurs à fleurir ;
Le monde ne veut pas mourir,
Il porte haut sa voix bourrue.

Son verbe de cris, de clameurs,
De gros rires et d'épouvantes,
Dans ses vagues si peu mouvantes
Où roulent de maigres rumeurs,

Son verbe coule fort tranquille
Et donne à nos anxiétés
La complainte de ses gaîtés,
La tiédeur de son chant docile...

Mon Dieu! mon cœur est triste, et nul ne me répond,
Et nul ne me répond !

Mon Dieu ! j'ai fui la ville et la vie et la terre,
Et nul n'aura compris ma douleur solitaire,
Et nul n'entend ici mon cœur, mon cœur se taire !

Mon Dieu ! mon cœur est triste, et nul ne me répond,
          Et nul ne me répond !

Je sais qu'il n'y a pas de main pour ma faiblesse,
Que je dois expier trop d'amour, et qu'on laisse
L'homme aux prises avec l'idole qui le blesse.

L'idole n'a plus rien qui s'achève en pardons :
Sa grâce souveraine et ses chers abandons
Etaient un lit de fleurs sur un lit de chardons.

Mon cœur devient muet dans sa chute infinie,
Et le geste géant de son épiphanie
S'achève sous un rire irritant qui le nie.

Et je vous interroge en mon humilité :
Faites sur moi briller un peu de la clarté
Qui ranime l'amour à l'aube de l'été ;

Que mes phrases d'orgueil deviennent mon supplice...
Mais si l'oubli vous vient de ma sombre malice,
Versez-en la rosée au fond de ce calice.

Mon Dieu !... mon cœur est triste, et nul ne me répond,
          Et nul ne me répond !

IX

Un Frisson de l'Au-dela

A Paul Verlaine.

ET qnand même nous serons joyeux !
Nos extrêmes avrils en guenilles
Subsisteront sous les souquenilles
Qui nous cachent aux gens sérieux.

Les lambeaux de nos folles tendresses
Seront le germe de mots plus fous,
Et vers de célestes rendez-vous
Nous boirons le vin d'autres ivresses.

Nous irons, bien que blessés un peu,
Trinquer avec les hautes milices
Qui n'emplissent jamais leurs calices
D'amertume, inconnue en tel lieu !

Car nous savons mieux, par nos défaites,
Comment l'intime et le pur bonheur
Germe et naît de l'ultime rumeur
Des désespoirs qui suivent nos fêtes ;

Et les fils brisés de nos amours,
Nous savons comme la solitude
Les relie à la mansuétude
De Celui qui sait aimer toujours.

RÊVE

PRÉLUDE

A Léon Cladel.

I

LE Monde épelle encore au pied de mon Calvaire
L'énigme que le Sphinx lui redit chaque jour,
Et n'osant déchiffrer cette énigme sévère
Le Monde se relivre à son râle d'amour.

Las ! j'ai mêlé ma voix trop de lustres à celles
Des appétits et des luxures ! et ma chair
Tressaille encore au feu des vaines étincelles
Que le Malin fait pétiller et vend si cher !

6

Ne vous souvenez pas de moi, lèvres et roses,
Alcôves et festins pour qui j'ai combattu ;
Que mon nom soit pareil aux Déités moroses
Que raillent votre mépris et votre vertu.

Dites que je montrais une fausse vaillance
Et que ma place était plutôt parmi les fous...
Oh ! dites que ma fuite est une défaillance,
Que je ne suis plus digne d'être parmi vous.

J'abandonne mon cœur en pâture à vos haines,
Aux sept glaives que vous teignez de notre sang
Depuis l'aurore où nous avons brisé les chaînes
Qui liaient au roc notre Rêve frémissant.

O mon cœur ! sous leur acharnement saigne et crie ;
Offre sans résistance au martyre attendu
Ta part de joie : offre même, jamais tarie,
Ta sanglante rosée au Monde confondu.

Saigne et crie, ô mon cœur ! pour que ton sacrifice
Epouvante l'Erèbe où le païen hurla,
Et s'il reste une goutte au fond de ton calice,
Une goutte de pleurs et de fanges, — bois-la.

II

Je me suis mis en route à l'heure des ténèbres.
'Où donc est le Soleil ? Des nuages funèbres
Lui font un catafalque où rampe la terreur,
Et l'homme frappe sa poitrine où fut l'erreur.
Adieu !
            Voici qu'aux premiers pas vers la Lumière

J'ai perdu les chemins où me guettait l'ornière :
Mes pieds se sont meurtris et mon corps est tombé,
Le fil que je suivais encor s'est dérobé,
Et je suis resté seul en face du Calvaire
Où le Sphinx m'a redit cette énigme sévère :

III

« Depuis que le Poëte a fait le don de soi
Aux Rêves éperdus qui dépassent l'espace ;
Depuis que du Chaos est venu jusqu'à moi
Œdipe apitoyé que tout souffre et tout passe ;

« Depuis l'éternité des Rêves éperdus
Cherchant dans l'infini l'Esprit de la Pensée, —
Le Poëte a délaissé les temples vendus
Où se livre la foule à l'ivresse insensée :

« Mets donc le talon sur ton méprisable orgueil ;
Sache que ce n'est pas un très pur sacrifice :
Laisser son cœur à l'homme et son corps au cercueil,
Et n'implorer jamais Dieu contre un maléfice ;

« A la recherche de l'Astre immatériel,
Tu dois oublier même où s'en furent tes frères :
Trouve en toi la réponse où nul doute et nul fiel
Resteront, — car voici mes flambeaux funéraires. »

IV

Laisse-moi passer malgré mes erreurs,
O Sphinx ! j'ai connu l'effort de mes frères,
Les Genèses et leurs vagues terreurs,
Les fanums païens, la croix, les chimères...
Laisse-moi passer malgré mes erreurs.

Pour venir à toi, j'ai fui leur Cénacle
Où se pratiquaient les rites passés :
J'ai laissé le prêtre à son tabernacle,
Et tous les désirs d'amour enlacés :
Pour venir à toi, j'ai fui leur Cénacle.

Dans la nuit formidable j'irai seul.
Les rochers aigus et les noirs abîmes
Tisseront en vain cet affreux linceul
Où la nature ensevelit ses crimes :
Dans la nuit formidable j'irai seul.

C'est la réponse à l'insondable énigme
Que ta voix de marbre affine à jamais :
L'Au-Delà du Rêve est le paradigme
Qui plane pour l'Ame à tous les sommets : —
C'est la réponse à l'insondable énigme.

V

J'ai franchi l'antre obscur où le monstre se tient,
Et dans l'obscurité profonde où les fantômes
Me raviront peut-être un suprême soutien,
Dans la danse macabre et folle des atomes, —

Je marche. Si le Ciel est un voile d'azur
Qui masque en nous berçant la réelle Lumière,
Dieu me replongera dans le Chaos obscur
Où mes os blanchiront sur le froid de la pierre.

II

Portraits Familiaux

A E.-J. Chapeyroux.

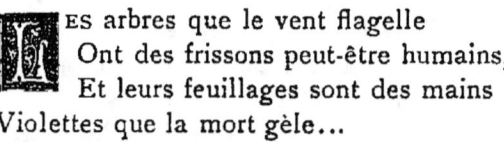ES arbres que le vent flagelle
   Ont des frissons peut-être humains,
   Et leurs feuillages sont des mains
Violettes que la mort gèle...

L'homme à la mort jette un défi,
Mais, sachant trop ce que nous sommes,
La voix glaçante a poursuivi
Le cri des arbres et des hommes :

Et les rires et les clameurs
Secouent leurs puériles franges,
Ainsi que parmi des rumeurs
Les arbres aux gestes étranges...

Loin de la route où s'en va l'être instinctif,
Le révolté paisible et doux : — notre frère
Banalement inexorable et craintif, —
Nous oublions cette clameur téméraire ;

Et sous un ciel toujours plus lourd et plus las,
Un morne ciel que nous laissons avec joie
Brunir nos fronts, lors que s'acheve le glas
De nos adieux à la terre qui poudroie,

Nous oublions la vie et l'homme et le ciel,
Et nous créant de complètes sollitudes,
Dans un décor de soir artificiel,
Nous regardons au fond de nos lassitudes...

Nous regardons, parmi les troublantes lueurs
Et les pâles éclairs de lampes qui s'éteignent,
Des marbres noirs qui, sous l'effort des soirs mueurs,
Surgissent des coins d'ombre et d'ombre encor se teignent ;

Et sous la haute voûte où ces marbres géants
S'enchevètrent, fermant le ciel à notre rêve,
Nous trébuchons sous le fardeau de nos néants,
Et notre esprit s'égare et tâtonne sans trêve.

Mais, sous l'arc ténébreux qui s'allonge toujours,
Nous suivons le reflux de notre rêverie,
Et l'arc qui nous enferme en ces mornes séjours
Se change en une haute et belle galerie.

Et des spectres amis, graves, silencieux,
Nous regardent passer dans le chaos des songes,
Où leur esprit, comme le nôtre, soucieux,
Jadis chercha les vérités et les mensonges ;

Ils savent désormais quelles sont nos erreurs,
Et conservent gravé, derrière leurs prunelles
Eteintes à jamais, le but de nos terreurs
Et des espoirs qui font nos plaintes éternelles ;

Ils sont les formes et les couleurs des titans
Depuis les siècles acharnés à l'œuvre immense ;
Leurs regards familiers, d'Anges ou de Satans,
Raillent et cependant aiment notre démence ;

Et nous les préférons aux luxueux haillons
Qui drapent tant de mots et de gestes sans causes,
Aux masques d'ici-bas sous qui nous bataillons
Pour cacher même à nous la vérité des choses.,.

     Or, la voix du suprême animal
     Roule en bas ses rumeurs où le mal
     Met l'écho de son rire brumal,

     Et l'appel de la foule bourrue
     Nous invite aux cahots de la rue,
     Par des gens tranquilles parcourue...

Mais nous suivons toujours les fantômes amis
Qui ne peuvent ici cacher leurs fois secrètes,
Et, loin de nos efforts d'orgueilleuses fourmis,
Dédaignent leurs vigueurs autrefois toujours prêtes ;

Il ne reste plus d'eux que la pure clarté
Vouée aux pas chétifs de notre être dans l'ombre,
Et nous croyons avoir depuis l'éternité
Vécu sous le regard de ces amis sans nombre.

III

JÉSUS

A Jules Bernard.

SA phrase préparait d'effroyables tourmentes ;
   Elle savait mener les âmes inclémentes
   Au silence absolu des abnégations :
Le but de sa faiblesse, à tout autre invisible,
Et de son indulgence immuable et paisible,
C'était la cruauté des adorations.

Les cœurs broyés sous le pied lourd des tyrannies
Se guérissaient aussi parmi les harmonies
De sa parole éparse aux quatre coins du ciel :
Il savait que ces cœurs, désormais redoutables,
Gouverneraient le monde aux échos charitables
Du mot qui leur apprit l'amour essentiel.

Ainsi donc il allait en faisant de la vie,
Ménageant aux efforts de noble ou basse envie
La mise en mouvement de l'arche qu'il gréait, —
Et, par la patience irritant l'égoïsme,
Ou suscitant chez les plus lâches l'héroïsme,
Il opposait le Ciel à la Terre : et CRÉAIT.

IV

BAUDELAIRE

A Edouard Dubus.

Sous la haute falaise où grondent les marées,
    L'océan creuse un Gouffre effroyablement beau:
    Il taille dans le roc de magiques entrées,
Dont le granit ressemble au marbre d'un tombeau.

Ce Gouffre est le refuge horrible de la crainte :
On ne sait quel Titan brasse au fond de ses eaux,
D'une étreinte pareille à la puissante étreinte
De l'océan, des corps d'hommes et de vaisseaux ;

La sinistre rumeur de ses antres funèbres
Est le seul cri d'orgueil dont s'effarent les flots :
Les sanglots et les cris d'appel de ses ténèbres
Valent les désespoirs des mers et leurs sanglots.

De fragiles esquifs, par une erreur fatale,
Abandonnent parfois l'irritable océan,
Et se livrent, pour fuir une vague brutale,
Aux remous de ce Gouffre où guette le néant :

Et dans un rire où meurt un chant de sombre fête,
Le Titan formidable attire à son écueil
L'esquif audacieux, qui charme la défaite
De l'éternel vaincu resplendissant d'orgueil.

V

LE TROUPEAU

A Charles Morice.

L'ESPOIR miraculeux d'une herbe renommée
   Retient le vieux troupeau dans les prés consacrés ;
   Mais, sur le sol jauni, des brins démesurés
Ne suffiraient plus même à faire une fumée ;

Telle une grasse plaine où vécut une armée,
La prairie a des tons de mort invétérés :
Après le premier PATRE établi dans ces prés,
On y vit trop une multitude affamée ;

Le flot n'y coule plus, d'un beau fleuve épanché,
Et l'herbe ne croît plus sur ce sol desséché,
Et les brebis sont maigres et baissent la tête ;

Cependant qu'en ces lieux où meurt le vieux troupeau,
Le dernier des bergers, par un geste très beau,
Essaye en vain d'y déchaîner une tempête.

VI

La Voix

Pour Elisa Clerget.

Une pâle clarté me montre désormais
     Les ornières et les rocailles du chemin,
     Et dans l'obscurité je prends souvent la main
D'une forme indécise à qui je me soumets :

C'est un être léger comme la brise, mais
Qui me porte en avant d'un effort surhumain,
Et détourne mon cœur du périlleux hymen
Des bois et de la nuit, dédaignés à jamais.

Parfois le frôlement d'un oiseau, d'un buisson,
M'emplit la chair encor d'un terrestre frisson ;
Mais près de moi j'entends l'harmonieuse voix :

« Marche quand même, aussi longtemps que tu pourras,
« Et Celle promise à ton cœur, tu la verras.
— Réponds, n'est-ce déjà sa forme que je vois ? »

VII

MATER DOLOROSA

Pour ma Mère.

Ainsi donc c'était vous quand même
Qui veilliez depuis mon départ,
Quand j'avais perdu la plupart
De ceux d'avant mon anathème !

Vous avez dirigé mes pas
Vers la consolante patrie
Où la plus sombre idolâtrie
Peut faire oublier ses combats.

Vous avez ouvert les broussailles
Où s'égarait mon corps meurtri,
Et vous avez gaîment souri
Du sang laissé sur les rocailles :

Car vous n'avez songé qu'à moi,
Et l'orient de votre face
Est toujours mien, quoi que je fasse,
O vous qui croyez en ma foi.

Et vos mains se sont déchirées,
A chaque pas que je faisais
Sur l'abrupt sentier que j'osais
Suivre, si loin de nos contrées,

Et vers ceux qu'on nomme les fous,
Vous m'avez suivi sans faiblesse,
Malgré la meute qui vous blesse, —
Sainte, trois fois sainte, ô Vous !

MADAME

D'ORDRE immémorial vous êtes notre joie.
Sans vos réalités consolantes, vos yeux
Où seul éclate un désir de plaire, vos yeux
Où votre chair de joie irradie et chatoie,

Nous serions les captifs du rêve impérieux
Qui nous emporte vers l'étoile où l'or flamboie,
Dans la poussière d'or des astres qui flamboie
Et nous mène au parvis du temple glorieux.

Nous serions les captifs des sombres solitudes,
Sans l'appel de vos yeux et sans les plénitudes
De vos rires très nécessaires, très vivants :

Vous êtes avec l'herbe des prés, la fleur, l'arbre,
Une station délicieuse, — mais sans
L'immuable beauté de l'azur et du marbre.

L'Aurore

GENOUILLÉ sur les degrés d'un sanctuaire
Qu'inonde le soleil de joyeuse lumière,
Devant le socle fait d'une aurore première
Où nul jour n'a crié son cri tumultuaire,

Je reconnais enfin le temple de mon âme,
Trop longtemps égaré dans la brume fatale :
Il est tel qu'il dut être en sa fête natale,
Quand montait dans la nef l'encens et le cinname :

Sous la voûte d'azur, les cloches reconquises
Célèbrent les beautés si durement acquises
Parmi la multitude alors si meurtrière,

Et leurs rhythmes de bronze accompagnent encore,
Sous le ciel radieux que ce temple decore,
Le verbe consolant d'une ardente prière.

Notre-Dame de la Pensée

I

BELLE Dame, belle et seule, Immatérielle !
    Dans votre temple d'éternel et d'infini,
Que nos soleils de lumière artificielle
Symbolisent : vaste univers de Vous banni !

O seule sans espoir, seule sans servitude,
Souriante et lointaine au plus haut monument,
Sereine et formidable en votre éloignement :
Femme et Dieu, mystère et vérité, Certitude !

II

Les ciselures merveilleuses du passé
Vous entourent d'un voile où se perd votre forme,
Et notre lourd regard ne franchit plus la norme
De tant d'azur conquis, de tant d'or entassé.

Tant d'or et tant d'azur Vous ont·faite sublime,
Q'entre Vous trop cachée et nous trop recueillis
L'hiver marmoréen des symboles vieillis
S'effondre en un fatal et ténébreux abîme ;

Et nos vigiles sans espoir de lendemains,
Sous votre beau voile qui nous semble un suaire,
Ne font pas tressaillir l'impavide ossuaire
Des Rêves accomplis et des Fastes humains.

III

Mais nous avons hâte d'éclairer cette nue
Et de Vous révéler encore à nos esprits,
Et d'élever encore à l'univers surpris
Une abside sans bornes où Vous seriez Nue :

Une abside miraculeuse de clarté,
Belle et vaste ainsi que l'allégresse infinie
Où toute création maudite ou bénie
S'abîmera, dans l'impondérable Beauté ;

Et Vous y seriez nue et simple d'attitude,
Austère et grave et douce aux adorations,
O Vous, seul Avenir des invocations
Que le monde éternise en son inquiétude.

IV

Sur les ruines du sanctuaire aboli,
Du sanctuaire descendu jusqu'à la rue
Où la borgne et brutale humanité se rue,
Sous le vieux ciel mystique entr'ouvert et pâli ;

Sur les ruines des sévères cathédrales
Ou des temples joyeux que le Marbre divin
Dès toujours suscita ; parmi l'énorme et vain
Recommencement des triomphes et des râles,

Et parmi les accords mourants des chants d'hier
Et des chants d'autrefois ; dans l'amour et la vie
Toujours suivant l'ascendante route suivie, —
Reparaît le divin Marbre, immuable et fier.

V

C'est l'immuable vision de la Pensée,
Le pardon de la chair, et l'or spirituel
Qui brille dans l'aube du jour éventuel
Où l'amour planera sur la foule insensée ;

Le Rêve spécial, auguste et vénéré,
Resplendissant d'un jour sans ténèbre future,
Cause primordiale et fin d'une nature
Joyeuse d'exister en ce Cercle adoré :

Certitude et mystère, et forme essentielle
De l'amour infini qui vibre dans nos cœurs,
O Vous, sublime accord des innombrables chœurs,
Belle Dame, belle et seule, Immatérielle !

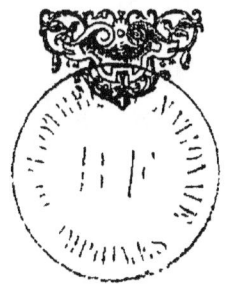

INDICATION

BIBLIOTHÈQUE
Artistique et Littéraire
36, Boulevard Arago, PARIS

COLLECTION D'ART

Editée sous le patronage de « *La Plume* »

ŒUVRES DÉJA PARUES :

1. — **Dédicaces,** poésies, par Paul Verlaine, tirage à 350 exemplaires numérotés : 50 ex. à 20 fr. ; 50 à 5 fr. ; et 250 à 3 fr. (*épuisé*).

2. — **A Winter night's dream** (*Le Songe d'une Nuit d'Hiver*) poème lunatique, par Gaston et Jules Couturat, de l'Ecole funambulesque, tirage à 250 exemplaires numérotés : 25 ex. sur grand Japon à 20 fr. ; 25 sur papier à la forme à 5 fr. et 200 à 3 fr. (*épuisé*).

3. — **Albert,** roman, par Louis Dumur, tirage à 500 exemplaires numérotés : 25 ex. sur grand Japon à 20 fr. et 475 sur simili-Japon à 3 fr.

4. — **Les Cornes du Faune,** poésies, par Ernest Raynaud, tirage à 162 exemplaires numérotés : 12 ex. sur grand Japon à 20 fr. et 150 sur simili-hollande à 3 fr.

5. — **Le Fi Bâlouët**, études de mœurs paysannes, par Jacques Renaud, tirage a 212 exemplaires numérotés : 12 ex. sur grand Japon à 20 fr. et 200 ex. sur simili-Japon à 3 fr.

6. — **Les Tourmentes**, poésies, par Fernand Clerget, tirage à 162 exemplaires numérotés : 12 ex. sur grand Japon à 20 fr. et 150 sur simili-hollande à 3 fr.

Ces éditions ne seront jamais réimprimées.

ACHEVÉ D'IMPRIMER

à Annonay (Ardèche), le 15 juillet 1891,

PAR JOSEPH ROYER.

Annonay le 20 Août 189

www.ingramcontent.com/pod-product-compliance
Lightning Source LLC
Chambersburg PA
CBHW060825250626
47162CB00005B/1948